사계
四季

박문호의 포토에세이

사계四季

초판 1쇄 발행 2016년 2월 1일

지은이 박문호 **펴낸이** 남상진 **펴낸곳** 서강출판사
등록 1987년 11월 11일 제11-20호 **주소** 경기도 파주시 교하읍 문발리 파주출판도시 500-11
전화 031-955-0711~2 **팩스** 031-955-0730

ISBN 978-89-7219-296-1 03810

일원화 공급처 (주)북새통 **주소** 서울시 마포구 서교동 465-4 광림빌딩 2층
전화 02-338-0117 **팩스** 02-338-7160 **이메일** booksetong1@naver.com

사계 四季

박문호의 포토에세이

서강출판사

| 서문 |

참 맛있는 인생

해방둥이로 태어났다.
벌써 70년이 흘렀다.

하늘과 땅, 바다에서
동족상잔의 비극적인 6·25 전쟁을 겪으며
어머니 손 잡고 누님과 함께 자유를 찾아 남쪽으로
길게 뻗은 철길 따라 7개월.

여섯 살 나이에 이루 형언하기 어려운 피난길을
걷고 또 걸었다. 오로지 외할머니 댁이 있는 곳을 향해
한 가닥 희망의 끈을 붙잡고 걷기 시작한 지 65년.
내 가정을 이룬 지도 어언 45년이 됐다.
아장아장 귀엽던 2남2녀는 모두 영국 유학까지 마치고
자신들의 삶을 충실히 꾸려가고 있다. 어여쁜 손주도 셋이나 된다.

오늘에 이르기까지 숱한 어려움이 있었다. 생사의 갈림길에서 맞닥뜨린 고뇌의 순간도 많았다. 그러나 지금, 여기의 큰 행복이 있기에 그 많은 고생과 번민이 오히려 고맙다.

살아오면서 깨달은 게 많다.
사람은 누구나 자신에게 부여된 능력에 따라 정직하게 살아야 한다. 남을 배려하는 것 또한 소홀히 해서는 안 된다. 행복한 동행이 필요하다. 주위의 모든 사람에게 무한한 감사와 책임을 느껴야 한다. 이웃의 어려움을 무심코 지나쳐서는 안 된다.
조선시대 경주 최 부잣집의 배려를 잊지 말아야 한다. 만석 이상의 재산을 가진 부자로서 흉년에 사방 백 리 안에 굶는 사람이 있어서는 안 된다며 아낌없이 베풀었던 최 부잣집. 지금 이 시대에 호의호식하며 살아가는 사람들, 결코 졸부 소리를 들어서는 안 된다.160년간 5대에 걸쳐 지속 경영을 이어가고 있는 스웨덴의 발렌베리 그룹은 기업 활동으로 얻은 이익을 사회에 환원하는 노블레스 오블리주의 표상이 되었다. 가진 사람일수록 사회적인 책임을 느껴야 우리 모두 건강하게 동행할 수 있다.
우리는 모두가 '하나'라는 의미를 알고 이해해야 아름다운 삶의 길을 걸어갈 수 있다. 지금까지 단순히 함께하는 동행이었다면 이제는 삶의 가치와 생활까지 함께하는 행복한 동행이어야 한다. 어느 시인의 말처럼 행복을 함께할 수 있는 '가슴 뛰는' 동행의 의미를 깨달아야 한다.

오늘의 나는 혼자 이루어진 것이 아니다. 넓은 의미에서는 조국과 사회가 있고, 작은 의미로는 가족과 이웃이 있고, 속 깊은 지인들이 있어 지금의 내가 완성된 것이다.
인생에서 물질적 풍요만 좇는 일은 우리의 영혼을 메마르게 하는 것. 아름다운 자연과 정겨운 사람 사이에서 진정한 행복을 찾고, 그 깊은 맛을 음미하며 삶의 의미를 체득하는 여정이 곧 인생길이다.

이토록 소중한 여행길을 한없이 부드럽고 따뜻한 손길로 이끌어 준 아내가 있어 더욱 감사하다. 지나온 길처럼 앞으로 펼쳐질 길도 이렇게 두 손 맞잡고 정답게 걷다보면 우리 삶이 더 깊어지고 세상 또한 더 풍요로워지리라 생각한다.

이런 믿음과 감사의 마음으로
그 동안의 발자취를 사진과 함께 엮어 본다.
나처럼 아무것도 없는 백지에서 시작해
잎 무성한 나무와 지붕 따뜻한 집을 이루고
지난 길을 그윽하게 돌아보며
빙긋 웃음 지을 또 다른
아름다운 이들을 위하여.

2016년 2월 1일
박문호

| 차례 |

春

봄

배롱나무 등걸에서
꽃잎을 세다

나비들은 뚫을 듯이 꽃에 파묻히고

조회 끝나고 돌아와서는 봄 옷 저당 잡히고
날마다 강가에서 한껏 취해 돌아가네.
술값은 가는 데마다 깔렸느니
인생 칠십이 예로부터 드물다 했지.
나비들은 뚫을 듯이 꽃에 파묻히고
잠자리는 물을 찍으며 천천히 날아가네.
아름다운 풍광도 인생처럼 흘러가는 것
이 좋은 경치를 어찌 아니 즐길 건가.

朝回日日典春衣, 每日江頭盡醉歸, 酒債尋常行處有, 人生七十古來稀.
穿花蛺蝶深深見, 點水蜻蜓款款飛, 傳語風光共流轉, 暫時相賞莫相違.

두보의 시 '곡강이수(曲江二首)' 중 두 번째 시다. 곡강은 장안 동남쪽에 있는 연못. 수려한 경치에 아름다운 연못 부용원까지 보듬고 있는 명소다. 이곳에서 두보는 꽃 나비와 물 잠자리, 봄 풍광을 통해 인생을 이야기하며 '이 좋은 경치를 어찌 아니 즐길 건가'라고 노래했다. 잘 알다시피 이 시의 네 번째 구절 '인생칠십고래희'에서 고희(古稀)라는 말이 나왔다. 1200여 년 전에는 70세까지 사는 일이 흔하지 않았기에 '예부터 드물다(古稀)'라는 표현을 썼다. 이후 70세에 이른 것을 축하하는 의미에서 '고희'라 줄여 부르고, 칠순잔치도 고희연이라 했다. 당시로서는 60만 되어도 환갑잔치를 성대하게 열었으니 70부터 80, 90, 100세 축하연은 그야말로 하늘이 내린 복이었다.

120을 바라보는 요즘 눈으로 보면 70은 인생의 원숙미가 최고로 빛나는 시기다. 서구 학자들이 나누는 생의 네 단계 주기에서는 '2차 성장기'의 완성 단계에 해당한다. 예를 들어 '퍼스트 에이지(first age)'는 배움으로 1차 성장을 이루는 10~20대이고, '세컨드 에이지(second age)'는 일과 가정을 이루는 30대를 말한다.

'서드 에이지(third age)'는 마흔한 살부터 일흔아홉 살까지 자신의 꿈을 이루는 '두 번째 성장기'이다. 인생에서 가장 긴 시기가 바로 이때다. '포스 에이지(fourth age)'는 80대 이후의 삶을 여유롭게 즐기는 단계를 의미한다. 이 생애주기에 따르면 일흔 살부터 10년간은 2차 성장기의 알곡들이 한창 익어가는 황금들판과 같다.

중년 연구가 톰 버틀러 보던이 오늘날 경제적 생산연령을 20~80세로 잡은 이유도 마찬

가지다. 지력(智力)과 동력(動力)의 합일이 여기에서 나온다. 세계적인 경영학자인 피터 드러커가 '생의 전성기는 언제였느냐'는 질문에 '66세에서 86세'라고 대답한 것 역시 놀라운 게 아니다. 96세까지 왕성한 저술 활동을 펼친 그는 저서 39권 중 3분의 2를 65세 이후에 출간했으니까.

그런 점에서 70은 '세 번째 스무 살'을 갓 넘긴 젊은이와 같다. 그만큼 꽃피우고 열매 맺을 게 많다는 뜻이다.

꽃나무에 비유하자면 배롱나무와 닮았다. 배롱나무는 꽃이 오래 피어 목백일홍(木百日紅)으로 불린다. 대부분의 나무와 달리 봄을 기다렸다가 여름부터 가을이 무르익어 갈 때까지 석 달 열흘 넘게 꽃을 피운다. 여름내 장마와 무더위를 이겨내면서 꽃을 피워내기에 백일홍 중에서도 가장 생명력이 강하다.

이런 생명의 힘은 오랜 숙성의 흙에서 나온다. 잘 익은 발효의 토양에서 배롱처럼 오래 가는 인생의 꽃이 피어나는 것도 같은 이치다. 그 속에서 정겨운 가족과 따뜻한 이웃들의 함박 웃음꽃도 피어난다. 이들과 함께 걷는 인생길은 얼마나 아름다울까.

길은 또 새로운 길을 낳는다. 사랑도, 기쁨도 나눌수록 새로워진다. 그러므로 일흔은 이제 '드물 희(稀)'가 아니라 '기쁠 희(喜)'요, '바랄 희(希)'의 다른 이름이기도 하다. 그 성스러운 희망의 새 길에서 더욱 곱고 풍성한 행복의 꽃잎들을 듬뿍 피워 올릴 수 있기를 꿈꾼다. 눈 내리는 겨울에 땅 속 깊이 새 봄의 씨앗을 묻어 다시 준비하는 마음으로.

청춘의 봄

'청춘'은 짧고 봄꽃은 아주 강하다. 봄에 피는 모든 꽃은 긴 겨울 매서운 추위를 견디고 피어나 화사한 색깔로 우리에게 기쁨과 희망을 주기 때문이다. 그 기쁨과 희망이 우리가 짊어지고 가야 할 삶의 새로운 무게이기도 하다.

그리운 사람

목련꽃처럼 하얀 꽃
봉우리 속에 핀 외로움……
동백꽃처럼
빨갛게 핀 그리움.

생일

삶이란 생명의 시작을 알리던 그 울음소리가 울렸던 그날 그 시간,
그로부터 참 긴 세월 내가 살아 있다는 것이 정말 가슴 벅찬 행복으로 다가왔습니다.
한 해 또 한 해를 가족과 함께 기리며 즐겁습니다.

참으로 안고픈 사람

화사한 봄날, 진달래 피어 오르는
그날의 만남은 아니더라도
늦가을 찬 서리 내리는 날
그때 국화 향기 따라
엷은 미소로
찾아 와 주면
얼마나
좋을까.

나는 아직도 새싹이다

아주 소중한 뒤안에 남은 삶, 인생 교향악의 마지막 악장을 위해서…….

For a very precious path of my life, the last movement of my own symphony.

마음의 옷

마음의 옷을 갈아입으려면
새로운 사고로 바뀌어야 한다.
아프고 힘든 가슴을 비우지 않으면
생각을 새롭게 할 수 없다.
긍정의 옷으로 갈아입으려면
지금의 상실감을 떨쳐내야 한다.
이제 남은 인생이 환하게 열릴 수
있다는 자신감을 잃지 말자.
언제나 그랬듯이…….

잠자리

빗속에 다소곳이 꼬리 내린 잠자리
우리 윤오가 좋아하는
잠. 자. 리.

너는 한 송이 꽃과 같이

하이네

너는 한 송이 꽃과 같이
참으로 귀엽고 예쁘고 깨끗하여라.
너를 보고 있으면 서러움이
나의 가슴 속까지 스며든다.

언제나 하느님이 밝고 곱고 귀엽게
너를 지켜주시길
네 머리 위에 두 손을 얹고
나는 빌고만 싶다.

아침 햇살

새벽녘 동틀 무렵
어슴프레 다 잊은 듯
가냘프게 매달려 있는
잎새 위의 아침 햇살.
살아 있는 행복을
은혜롭게 일깨워 준
자연의 조화.
시간 따라 떠나가기 전
내 마음의 서랍 속에
담아 놓아야겠다.

창덕궁의 봄

봄에는 연초록 새잎처럼 아름답고 생기가 돌아 희망을 바라볼 수 있고
여름엔 짙푸른 초록의 잎사귀를 헤쳐가며 거미줄에 머리 스치고
가을엔 울긋불긋 고운 단풍 찬연한 햇빛 받아 삶의 풍요를 더해주고
겨울엔 봄, 여름, 가을 동안 갈아입었던
고운 잎 차분히 내려놓고 앙상한 가지 드러내며
순백의 진리를 가르쳐 준다.

행복한 아침

"그토록 많았던 슬픈 저녁들은 잊혀지지만

어느 행복했던 아침은 결코 잊혀지지 않는다"는 장 가방의 말씀

나는 그런 아침을 가졌는가?

나는 배웠다

인생에선 무엇을 손에 쥐고 있는가보다
누구와 함께 있느냐가 더 중요하다는 것을 나는 배웠다.

– 오마르 워싱턴

고향

고향은 사람을 낳고
사람은 고향을 빛낸다.

자연이 들려주는 말

나무가 하는 말을 들었습니다.
우뚝 서서 세상에 몸을 내맡겨라.
관용하고 굽힐 줄 알아라.

하늘이 하는 말을 들었습니다.
마음을 열어라. 경계와 담장을 허물어라.
그리고 날아올라라.

태양이 하는 말을 들었습니다.
다른 이들을 돌보아라.
너의 따뜻함을 다른 사람이 느끼도록 하라.

냇물이 하는 말을 들었습니다.
느긋하게 흐름을 따르라.
쉬지 말고 움직여라. 머뭇거리거나 두려워 말라.

작은 풀들이 하는 말을 들었습니다.
겸손하라. 단순하라.
작은 것들의 아름다움을 존중하라.

– 척 로퍼

저기, 우리 어머니가 오십니다

"언제까지 기다릴 거요?"
버스에 타고 있던 어떤 승객이 바쁘다면서
서둘러 떠나기를 재촉했습니다.
그러자 버스 기사가 차분한
목소리로 말했습니다.
"저기, 우리 어머니가 오십니다.
조금 기다렸다가 같이 가시지요?"
승객은 할 말을 잃고 더 이상
아무 말도 하지 않았습니다.
그때 창가에 앉았던 한 청년이 벌떡 일어나
버스에서 내려 할머니를 향해 달려갔습니다.
승객들의 시선은 자연스레 버스 밖으로 모아졌습니다.
머리 위의 짐을 받아든 청년은
할머니의 손을 부축하여
잰걸음으로 버스로 돌아왔습니다.
할머니와 청년이 버스에 오르는 순간
승객 중 누군가가 박수를 치자 마치 전염된 듯
너나없이 박수를 쳤습니다.
물론! 그 할머니는 버스 기사의 어머니도
청년의 어머니도 아니었습니다!

경주 최 부잣집 육훈(六訓) – 다섯 번째

주변 백 리 안에
굶는 사람이 없게 하라.

안개가 흔적을 남기지 않듯이

저 어두운 녹색의 언덕 위에
안개가 흔적을 남기지 않듯이
내 몸은 당신에게 영원히
상처를 남기지 않을 거야.
바람과 매가 부딪칠 때,
하늘에 무슨 흔적이 새겨질까?
그렇게 당신과 나는 우연히 만났지.
그리고 몸을 돌려, 같이 잠들었지.
달도 별도 없는
많은 밤들을 견디었으니
한 사람이 멀리 떠나더라도
우리는 참아야 하겠지.

– 레너드 코헨

BUILD ME A SON

마음이 맑으며 높은 목표를 갖고
남을 다스리려 하기 전에 먼저 자신을 다스리고,
소리 내어 웃을 줄 알되 울 줄도 알고
미래로 나아가되 결코 과거를 잊지 않는 아들로 만들어주소서.

– 맥아더

강경포구

6·25 전쟁 통에 어머님과 누나와 함께 1000여 킬로미터를 걷고 걸어
어머님 친정이 있는 강경으로 피란 내려와
우리 세 식구 함께 고난의 세월을 보내며
내가 고등학교를 졸업하고 서울로 떠날 때까지
어린 시절을 보낸 그곳.

인생은 걸어 다니는 그림자

인생이란 따지고 보면 아무것도 아닐 수 있다.
단지 탄생으로부터 죽음으로 가는 행진,
허무하고 또 허망하다고 셰익스피어는
말하고 있다.
인생은 미완성이라지만,
무대 위에 서는 순간부터
삶의 연습이란 있을 수 없다
봄, 여름, 가을, 겨울 사계(四季) 속에
오늘 또 오늘이란 삶이 우리한테 준
인생의 역할이다.
우리는 그 역할에 맞게 충실히 연기해야 한다.
후회 없는 최상의 연기를.
그래, 후회 없는 인생,
바로 후회 없는 연기다.

진달래꽃

김소월

나 보기가 역겨워
가실 때에는
말없이 고이 보내 드리오리다

영변에 약산
진달래꽃
아름 따다 가실 길에 뿌리오리다

가시는 걸음걸음
놓인 그 꽃을
사뿐히 즈려밟고 가시옵소서

나 보기가 역겨워
가실 때에는
죽어도 아니 눈물 흘리오리다

◎

소월은 서른셋이라는 청하늘에 삶을 마무리했다.

소월, 소월 시를 너무 좋아해《진달래꽃》시집을

통째로 암송하던 그때, 내 나이 열여덟 살이었다.

유난히 감성이 두드러졌던 나, 내 손엔 언제나

소월 생전의 유일한 시집《진달래꽃》이 들려 있었다.

꿈 많던 고교 시절 어려운 가정 형편으로 시인이 되고팠던

그 꿈을 접었다. 그래서 어제도 오늘도, 언제나 먼 훗날에도

그 꿈을 버리지 못하고 줄곧 시와 함께 시심(詩心)으로

살아왔는지도 모른다.

夏

여름

그리운
밥상

행복의 밥상

백미에 적당하게
현미 섞어 지은
무병장수 쌀밥

사랑과 정성
함께 풀어 끓여낸
토종 된장국

믿음과 배려
손잡은 즐거움에
감사의 미소로 담근 배추김치

인고의 세월 따라
믿음으로 숙성된 멸치액젓
고춧가루 볶은참깨에
골다공증 예방하는 남해산 죽방멸치까지

일식삼찬 받쳐 들고
내 앞에 다소곳이 앉은
개다리소반

우리 부부가
마주 앉는
행복의 밥상.

연꽃

연꽃이 피었다 진다.
내 인생처럼
저 바람처럼
떨고 있다.

내 당신

짙은 어둠의 무게로
눈을 감고 잠들고
당신의 향기로
어둠 털고 일어나
고운 미소 바라보며
하루를 시작합니다.
오늘 하루도
무탈하게 당신의 배려 아래
밤이 다시 찾아왔습니다.
고운 당신 눈매에도
여전히 아름다운 사랑이
곁들여 있습니다.
살포시 부드러운 이불 속
곁에 누우며 당신의 향기를
감사히 받아들입니다.
오늘도 함께한 하루
우리 삶의 진솔한 순간이었습니다.

우리 나머지 삶에도
여전히 사랑과 배려가 함께하는
아름다운 부부로, 정겨운 우리로
오래오래 이어가길 기도합니다.

참 고마운 당신

어느 시인이 해맑게 웃으며 건넨 정겨운 말씀,
"김혜숙 여사님은 일생에 한 번쯤
같이 살아보고 싶은 분입니다."
뜻밖의 말씀에 무어라고 딱히 해줄
말이 떠오르지 않았다.

퇴근 시간쯤 스마트폰이 울렸다.
"전데요, 몇 시쯤 출발하세요?
떠나면서 전화주세요."
"무슨 일이 있으신가?"
"아니요, 당신이 출발할 때 밥을 안치면
도착하셨을 때쯤에 준비하는 밥이 제일
맛이 좋아요."
"……아! 그래요! 참 맑고 고마운 당신……."
그 뒤로 나는 언제 어디서든 귀가할 때마다
전화를 한다.
"저 지금 출발해요"라고.

You and I

We ought to be together—you and I;
We want each other so, to comprehend
The dream, the hope, things planned, or seen, or wrought.
Companion, comforter and guide and friend,
As much as love askes love, does thought ask thought.
Life is so short, so fast the lone hours fly,
We ought to be together, you and I.

– Henry Alford

그대와 나

우리는 함께여야 합니다.
그대와 나 우리는 서로를 너무나 원합니다.
꿈과 희망, 계획하고 보고 이루어내는 것들을 이해하기 위해
동반자여, 위안자여, 친구이자 내 삶의 안내자.
사랑이 사랑을 부르는 만큼 생각이 생각을 부릅니다.
인생은 너무 짧고, 쓸쓸한 시간은 쏜살같이 지나갑니다.
그대와 나, 우리는 그래서 늘 함께여야 합니다.

– 헨리 알포드

부부

젊을 때는 아내가 남편에게 기대어 살고,
나이가 들면 남편이 아내의 도움을 받으며
살아가게 됩니다.
그래서 서로를 향하여 여보, 당신이라고 부릅니다.
여보(如寶)라는 말은 보배와 같다는 말이고,
당신(當身)은 내 몸과 같다는 말입니다.
내가 당신을, 당신은 여보를 끝까지 지켜 줄 것을 믿으며
오늘도 우리는 소중히 아끼고 믿고 사랑하며
살아가는 부부입니다.

You raise me up

당신이 내 곁에 있어
나의 존재감을 내려놓을 수
없습니다.
때로는
이런 저런 이유로
마음 아픈 일도 많지만
그때는
하늘 우러러 두 손 모으고
신에게 감사드립니다.
당신을 내게 보내주셨음에…….

사랑차 조리법

1. 불평과 화는 뿌리를 잘라내고 잘게 다진다.
2. 교만과 자존심은 속을 빼낸 후 깨끗이 씻어 말린다.
3. 짜증은 껍질을 벗기고 송송 썰어 넓은 마음으로 절여둔다.
4. 실망과 미움은 씨를 잘 빼낸 후 용서를 푼 물에 데친다.
5. 위의 모든 재료를 주전자에 담고 인내와 기도를 첨가하여
쓴맛이 없어질 때까지 충분히 달인다.
6. 기쁨과 감사로 잘 젓고, 미소 몇 개를 예쁘게 띄운 후,
깨끗한 믿음의 잔에 부어서 따뜻할 때 마신다.

– 작자미상

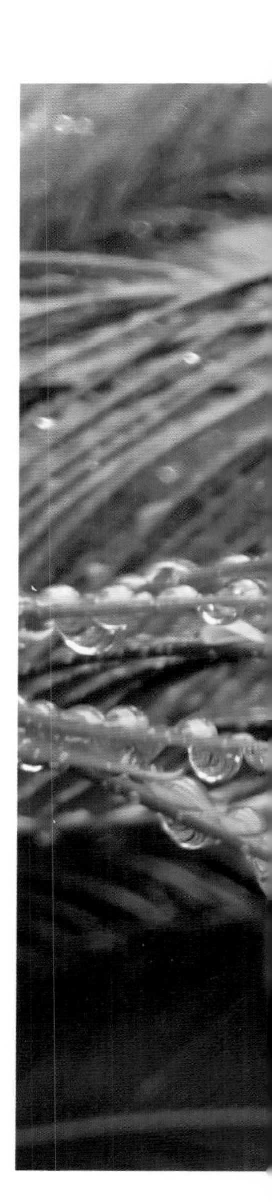

우리는

곁에 서 있지 않아도
항상 당신의 체온을 느끼는 것은
언제나 서로를 향한 마음이
그리도 따뜻하기 때문입니다.
당신의 고운 목소리가
귓속으로 흘러 들어오노라면
나는 벌써 행복함으로
충만합니다. 아마, 내가 당신
마음의 전부를 갖고 있기
때문입니다.
오뉴월 아침에 풀섶 이슬처럼
영롱하고 고요한 눈빛,
당신 가슴에 기대지 않아도
부드러운 숨결을
느낄 수 있는 것은
당신과 나 변치 않는
삶의 동행이기 때문입니다.
항상 조용한
미소를 머금고
있는 당신, 당신은

내 삶의 끝까지
함께할 생기(生氣)입니다.

가장 아름다운 곳

세상에서
가장 아름다운 곳은
사랑하는 사람이 있는 곳이라고.

– 고두현 시 '가장 아름다운 곳' 중에서

내 마음의 꽃

이제
나는
알았습니다.
내 마음에
당신의
꽃이 피어 있다는 걸.
정말
아름다운 꽃

당신…….

내가 사랑하는 당신은

도종환

저녁 숲에 내리는 황금빛 노을이기보다는
구름 사이에 뜬 별이었음 좋겠어
내가 사랑하는 당신은
버드나무 실가지 가볍게 딛으며 오르는 만월이기보다는
동짓달 스무날 빈 논길을 쓰다듬는 달빛이었음 싶어

꽃분에 가꾼 국화의 우아함보다는
해가 뜨고 지는 일에 고개를 끄덕일 줄 아는 구절초였음 해
내 사랑하는 당신이 꽃이라면
꽃 피우는 일이 곧 살아가는 일인
콩꽃 팥꽃이었음 좋겠어

이 세상의 어느 한 계절 화사히 피었다
시들면 자취 없는 사랑 말고
저무는 들녘일수록 더욱 은은히 아름다운
억새풀처럼 늙어 갈 순 없을까
바람 많은 가을 강가에 서로 어깨를 기댄 채

우리 서로 물이 되어 흐른다면
바위를 깎거나 갯벌 허무는 밀물 썰물보다는
물오리떼 쉬어 가는 저녁 강물이었음 좋겠어
이렇게 손을 잡고 한세상을 흐르는 동안
갈대가 하늘로 크고 먼 바다에 이르는 강물이었음 좋겠어

부모의 끝없는 은혜

Your parents, they give you your life.
but then they try to give you their life.

부모는 자식에게 삶을 주는 것도 모자라
이제 자신의 인생까지 내어 주려고 한다.

– 척 팔라닉

◎

세상은 너무 많이 변하여
자신의 삶까지 주려는 부모의 사랑을
읽지도 알려고도 하지 않는 그런 험한 세상이 됐다.
그러나 훗날 부모가 되고 난 후 느끼고 이해한다면
그때는 이미 자식이란 의미를 상실한 뒤,
부모는 이해하고 받아주려 하겠지만
신(神)은 엄숙히 거부할 것이다.
너무 늦지 않은 때 나는 어디로부터 왔는지,
어디로 가야 하는지를 터득해야 할 것이다.
나는 우리 어머님 타계하신 후 3년 동안
매일 통곡하며 나를 뒤돌아보았다.
과연 나는 누구인가,
무엇을 어떻게 해야
참 나를 찾을 수 있는가를…….

뿌리 깊은 나무는 바람에 아니 흔들린다

나는 뿌리를 기르는
거름이 될 것이다.
난 거름으로서 뿌리를 강하게 키우고자
우리의 소리를 담은 글자를 만든 것이고
그렇게 백성이라는 든든한 뿌리와 함께
조선이라는 꽃을 피울 것이다.
이것이 나의 답…….
나 이도(세종)가 꿈꾸고 이룰 조선이다.

– SBS 드라마 '뿌리 깊은 나무' 중에서

성공

불가능하다고 생각하면
그 어떤 것도 가능하지 않으며,
가능하다고 생각하면
그 어떤 것도 불가능하지 않다.
긍정적으로 생각하고 노력을 경주하라,
그러면 무엇이든 가능하다.

– 토머스 J. 빌로드

그 사람을 그대는 가졌는가

다섯 손가락을 다 구부릴 수 있는 사람이면 성공한 사람이라고
주저하지 않고 말할 수 있을까, 나는 몇 손가락이나 구부릴 수 있는가.
단 한 손가락이라도 가질 수 있다면 그 사람은 누구일까. 그렇다.
나와 함께 40여 년을 묵묵히 걸어온 그 사람, 그 사람이다.

그대 있음에

그대의 근심이 있을 때 나를 불러 달라, 당신을 위해 내가 기도하고
위로가 되게 하라. 나는 그대의 사랑이요, 변치 않는 친구요, 수호천사다.

네 가슴 숨은 상처 보듬을 수 있다면

친구여!

외로워하지 말라, 그리고 내 손을 잡으라.

어제 죽은 나

소금 3%가 바닷물을 썩지 않게 하듯이
우리 마음 안에 있는 3%의 좋은 생각이
삶을 지탱하고 있는지 모릅니다.

폭우

내린 빗물은 어디로든 흘러가고 그 빗물 따라
우리에게 주어진 고귀한 시간도 흘러간다.
이렇게 세월이, 여름 가고 가을이 가고
겨울 눈 내려 온 세상 하얗게 덮고
덮인 눈을 밀고 새싹이 올라 꽃을 피우다
또 여름으로 가면 우리, 나와 너 그리고 모두에게는
무엇이 남을까?

오늘 하루가 선물입니다

그 많은 선물을 갖기에는 부족함이 많은 나이지만
하루하루 힘들다고 투정하는 나이지만
그래도 내가 열심히 살아갈 수 있는 이유는
이 소중한 사람들이 있기 때문입니다.

그리움

우리가 진정으로 만나야 할 사람은
그리운 사람이다.

- 법정 스님

5천만이 한 알의 밥을 버리면

5천만이 한 알의 밥을 버리면 5천만 개의 밥알이 버려진다. 보통 밥 한 그릇이 2천5백 알이므로 매끼 2만 그릇을 버리게 되는 셈이다. 그러니 국민이 밥 한 알만 아껴도 2만 명이 먹고 살 수 있다는 계산이 나온다. 가나안 농군학교 김용기 선생의 가르침은 세상에서 가장 훌륭한 책이라는 성경 말씀보다 가르침의 의가 더 현실적이요 더 큰 진리라고 생각한다.

"저 아이들이 책가방을 갖게 해 주세요"

폭탈 곰파(Phuktal Gompa)는 인도령 히말라야 잔스카르밸리에 있는 동굴 사원이다.
그곳과 나는 전혀 인연이 없었다.
그러나 이젠 그 사원의 모두가 나와 나의 가족을 위해 항상 기도를 해 주는
그런 좋은 인연으로 맺어졌다. 그럴 수 있었던 것은 내가 존경하고
좋아하는 오지 사진작가, 이해선 씨와의 인연 덕이다.
나의 가방과 사진을 받고 좋아할 아이들 생각에 입가에 절로 미소가 스친다.

푹탈 곰파에서 온 반가운 편지

뜻밖이었다. 푹탈 곰파에서 편지가 왔다.
우연한 기회에 푹탈 곰파 사원의 어린 학생들에게 보탬이 되라고 가방을 보내줬는데,
그걸 받고 고마움을 전해 온 것이었다. 아이들의 해맑은 표정처럼 내 마음이 환해졌다.

내가 사랑하는 사람

우리 가족 모두, 우리 직원 다, 내가 좋아하는
친구들 그것도 몇 안 되는 친구, 내가 세상에
나와 살면서 알게 된 친구들, 특히 여행을
하면서 만난 문인들……
그 중에 내가 사랑하는 사람

나무 그늘에 앉아
다른 사람의 눈물을 닦아주는 이의 모습은
그 얼마나 고요한 아름다움인가.

창덕궁 후원 금마문

왕세자의 총명함을 가르치는
배움의 문턱.

바닷새의 하루

중국 토루(土樓)

중원에 뿌리를 내리고 살던 한족이 전란으로 나라가 혼란스러워지자 남쪽으로 이주해 와 지은 보루식 주택.

토루 마을 우물

저 속에
무엇이 숨어 있을까?

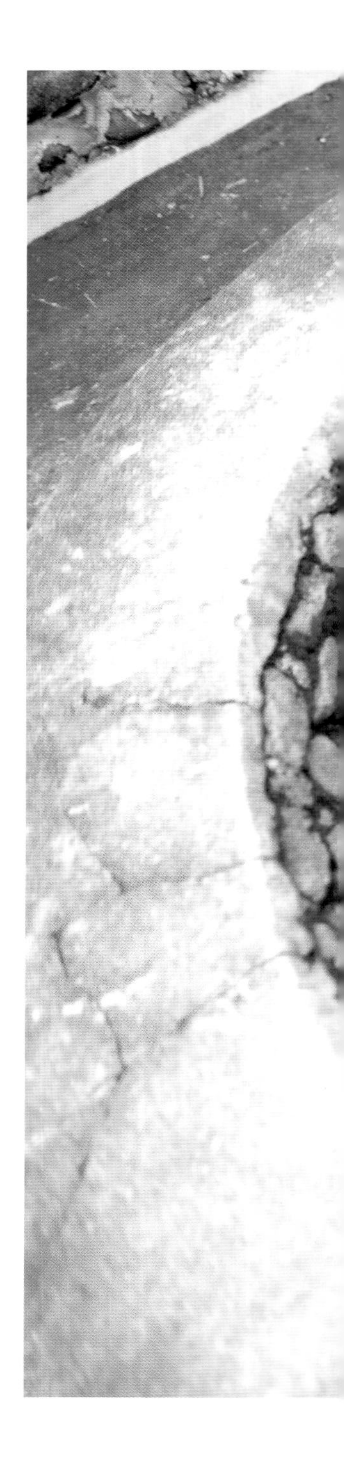

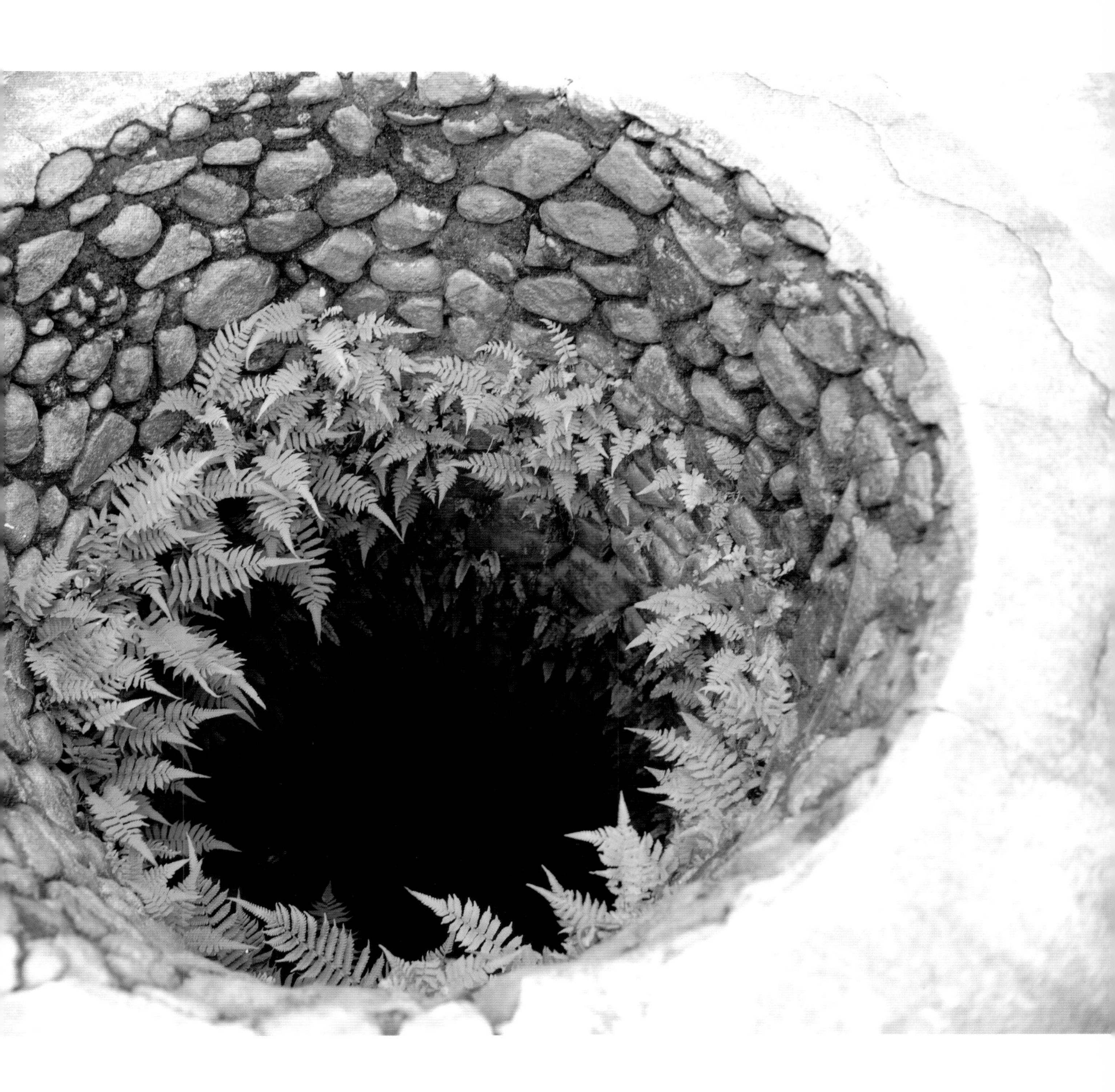

삶이란 내 인생의 옷을 벗을 때

언제쯤일지 모르지만 나에게 신의 배려가 주어진다면 삶이란 내 인생의 옷을 벗을 때 내 마음도 함께 내려놓을 수 있는 여유가 있었으면 한다.
그때가 오면…….

마음 따라

마음 흐름 따라
바람 부는 대로
구름 흘러가는 대로
그대로……
오늘도 어제처럼
내일도 오늘처럼
지나간 세월처럼
살아온 날들처럼
생각대로……
뜻대로……
느낀 대로……
내 마음 행로 따라
그렇게 살아가자.

선암사

정호승

눈물이 나면 기차를 타고 선암사로 가라
선암사 해우소로 가서 실컷 울어라
해우소에 쪼그리고 앉아 울고 있으면
죽은 소나무 뿌리가 기어다니고
목어가 푸른 하늘을 날아다닌다
풀잎들이 손수건을 꺼내 눈물을 닦아주고
새들이 가슴 속으로 날아와 종소리를 울린다
눈물이 나면 걸어서라도 선암사로 가라
선암사 해우소 앞
등 굽은 소나무에 기대어 통곡하라

秋

가을

길 위에서 만난
행복

여수 향일암

150미터 높이의 절벽 위 기암 괴석으로 둘러싸인 향일암.
바다 위로 빛나는 태양이 나를 내려다본다.

세심수

눈물이란 이별의 슬픈 샘물이다
눈물이란 사랑의 아픈 이슬이다
눈물이란 자아 인식의 환희로운 선물이다
눈물이란 배려에 대한 마음으로부터의 감사이다
눈물이란 삶의 여유가 주는 행복언어의 표현이다
눈물이란 생의 인연이 어디서 왔는지 깨달음이다
눈물이란 해탈에 이르는 긴 여정의 아픔이다
눈물이란 어리석은 자(者)의 뒤늦은 깨달음이다
눈물이란 신이 내린 마음의 양식이요
인간을 위한 세심수(洗心水)다.

그리움

방금 시애틀에서 전화가 왔습니다.
멀리 바다 건너에서 들려오는 전화기 저편의 막내동생이
어느덧 마흔 아홉이니 곧 오십줄에 드는군요.
미국땅이라는 곳이 열심히 노력해야만
삶을 꾸려가는 곳인 줄 막내에게서 듣습니다.
한국 살 때 이렇게 열심으로 살았으면 준재벌이 되었을 것이라고
이야기를 합니다.
엊그제 일 마치고 돌아오는데 하늘에 달이 훤하여
왜 이리 달이 가깝게 크고 환할까 생각하다
고국의 추석이었음을 알게 되었다고 합니다.
꿈에도 그리는 고향 땅 앞산머리로 떠오르던 보름달이
눈앞의 미국 달 속에 겹쳐졌겠지요.
치매에 드신 어머니 안부와
가족 중 아내와 제일 살갑게 지내다 이민을 떠나서 그런지
작은형수인 아내 안부를 다음으로 묻습니다.
멀리 태평양 건너 이국 땅에서 추석조차 잊고 살아가는
막내의 삶에 마음이 애끈해집니다.
사람에게는 누구에게나 한평생이 주어집니다.
두 평생이란 존재치도 않습니다.
연습 삼아 살아낼 여분의 또 다른 한평생이 없는 거지요.

그렇게 생각하니 동생의 한평생이 애끈해지는 것이었습니다.
다른 여념도 파고들 사이 없이 살아가는 이국생활이
얼마나 팍팍할 것인가를 생각하니 피붙이로 마음 아파집니다.
두 딸을 여의면 돌아볼 것도 없이 한국으로 들어와 살겠다는 말에
그날이 진정 동생에게 올 것인지 일말의 의문이 들곤 합니다.
사람으로 태어나 그냥 소소한 행복을 누리면서
고향 땅 언저리에 터를 잡고 살아간다는 것은
어찌 보면 복(福) 받은 일이지 싶습니다.
동생과 통화를 마치고 서쪽 하늘을 바라보니
황혼이 지려고 합니다.
들판도 황혼 빛이고
마음 또한 만나지지 못하는 먼 그리움으로
무연히 황혼의 노래를 부르는 것이었습니다.

씨알

홍천 은행나무 숲

어느새 노인이 되어

오늘도
여전히 어느 누구의 전화를
기다리는 노인이 되었네.
혼자 앉아 무심히
호수를 바라보며 무언가를
기다리는 노인이 되었네.
누구나 세월 따라 변해가지만
창밖을 바라보며 홀로임을 느끼며
시간을 써 나가는 외로움에
익숙해져야 한다고 맑은 하늘에 떠가는
구름마저 반가운 벗으로 받아들여야 한다는 것
어느새 이만큼 노인이네요.
지나간 세월 하루하루 모아
쏟아지는 오후 햇살에 뽀송뽀송 말려서
세월 속에 쌓여 있는 삶의 이야기들
이 세상 내려놓고 저승으로 가기 전에
버릴 것 모두 깨끗하게 정리하여
삶의 뒤안길에 묻어 놓고 사랑하는
우리 가족 지켜보는 순간에 조용한 미소 보이며
그렇게 삶을 마감할 수 있다면 나는 정말 행복한

사람,

그 순간에 내 손 잡아줄 사람 우리 윤오,

그 시간까지 내 곁에 있어 줄 사람, 혜숙 씨

그렇게 모두와 이별할 수 있다면, 나는 정말

행복한 사람.

내 나이

내 나이 칠십 고개 넘어
하늘이 말해준다
빈손으로 왔기에
두 손바닥 마주보며
아무것도 쥐지 마라
속세에 나오며 크게 울었지만
두 손 펼치고 떠나가는 뒷모습
하얀 구름 미소 지으며 따라간다.

한 남자

이제 인생의 쓴맛 단맛 신맛
모든 맛을 보았지만 더 이상의
맛에 흥미를 갖지 말아야 한다.
부모 사랑, 자식 사랑, 손주 사랑도
모두 좋은 생각으로만 맛을 보지 말아야 한다.
내 능력이 얼마나 되는지 내 인내의 한계가
어디까지인지 그 깊이도 알아야 한다.
감당할 수 있는 능력, 용서할 수 있는 허용치가
어디까지인지, 판단할 수 있어야 한다.
나 자신에게 만족할 수는 없지만 삶의 한계가
얼마나 남았는지도 곰곰이 사색해 보아야 한다.

ㅂ ㅏ ㄱ ㅁ ㅜ ㄴ ㅎ ㅗ

나를 다스릴 수도
나를 내려놓을 수도,
나를 비울 수도 없는
그런 고통이 있다.

성유심문(誠諭心文)

오직 바른 것을 지키고
마음을 속이지 말지니
조심하고 또 조심하라.

– 정성으로 마음을 깨우쳐 주는 글

오래된 편지

비우지 말라고
한 잎,
두 잎
가슴에
내려 앉는
가을 낙엽.

사모곡

깊은 잠 이루지 못하고
돌아누운 채
어머니 생각에 숨쉬기마저 힘들어
붉게 번져오는 동녘 하늘마저
잃은 새벽
마당에 깔려 있는 고운 낙엽들
쌀쌀한 바람에 추위를 탄다.

오늘 같은 마음

이렇게 맑게 갠 날
너의 얼굴 생각하면
마음의 호수 출렁인다.

호숫가 나뭇잎 흔들리며
바람 따라 그리움 흘러간다.

내 눈가에 서성거리는
너의 모습, 그 하나만으로도
가슴 설렌다.

너의 목소리 들리는 듯
전화벨 소리 환청으로…….

나에게 매일 매일 생각나는 모습
너는 나에 이토록 참한 사랑이려니…….

금이라 해서 다 반짝이는 것은 아니다
All That Is Gold Does Not Glitter

금이라 해서 다 반짝이는 것은 아니며
헤매는 자 다 길을 잃은 것은 아니다.
오래되었어도 강한 것은 시들지 않고
깊은 뿌리에는 서리가 닿지 못한다.
타버린 재에서 새로이 불길이 일고,
어두운 그림자에서 빛이 솟구칠 것이다.
부러진 칼날은 온전해질 것이며,
왕관을 잃은 자 다시 왕이 되리.

All that is gold does not glitter,
Not all those who wander are lost
The old that is strong does not wither,
Deep roots are not reached by frost,
From the ashes a fire shall be woken,
A light from the shadows shall spring;
Renewed shall be blade that was broken,
The crownless again shall be king.

– J.R.R.톨킨(J.R.R. Tolkien)

◎

'헤매는 자 다 길을 잃은 것은 아니다'라는 구절의
의미가 참 마음에 와 닿는다. 인생이란 길은
쭉 곧게 뻗은 것만도, 꾸불꾸불 굽은 미로만 주어지는 것도 아니다.
살다 보면 실패와 성공, 얻는 때와 잃을 때도 있다.
얻은 자만이 잃을 때의 의미를 알고
잃어 본 자만이 얻었을 때 자만하지 않았어야 한다는
뒤늦은 깨달음에 이르게 된다.
동서남북 방향을 잃고 헤매 본 사람은
올바른 방향을 찾아갈 수 있다는 희망을 갖게 된다.

그래서 인간은 위대한 것이 아닌가…….

무엇이 더?

무엇이 더 슬플까?
그리움과 이별이
무엇이 더 아플까?
미움과 원망이
무엇이 더 깊을까?
사랑과 애증이
무엇이 더 쓰릴까?
진실과 허상이
무엇이 더 힘들까?
내려놓음과 움켜쥠이

대답이 없네.
마음의 행로 따라 가는 수밖에…….

별 헤는 밤

윤동주

계절이 지나가는 하늘에는 가을로 가득 차 있습니다.

나는 아무 걱정도 없이
가을 속의 별들을 다 헬 듯합니다.

가슴 속에 하나 둘 새겨지는 별을
이제 다 못 헤는 것은
쉬이 아침이 오는 까닭이요
내일 밤이 남은 까닭이요
아직 나의 청춘이 다 하지 않은 까닭입니다.

별 하나에 추억과
별 하나에 사랑과
별 하나에 쓸쓸함과
별 하나에 동경과
별 하나에 시와

별 하나에 어머니, 어머니,

어머님, 나는 별 하나에 아름다운 말 한마디씩 불러 봅니다.

소학교 때 책상을 같이 했던 아이들의 이름과 패, 경, 옥, 이런 이국 소녀들의 이름과, 벌써 아기 어머니된 계집애들의 이름과, 가난한 이웃 사람들의 이름과, 비둘기, 강아지, 토끼, 노새, 노루, '프랑시스 잠', '라이너 마리아 릴케' 이런 시인의 이름을 불러 봅니다.

이네들은 너무나 멀리 있습니다.
별이 아스라이 멀 듯이.

어머님,
그리고 당신은 멀리 북간도에 계십니다.

나는 무엇인지 그리워
이 많은 별빛이 내린 언덕 위에
내 이름자를 써 보고
흙으로 덮어 버리었습니다.

딴은 밤을 새워 우는 벌레는
부끄러운 이름을 슬퍼하는 까닭입니다.

그러나 겨울이 지나고 나의 별에도 봄이 오면
무덤 위에 파란 잔디가 피어나듯이
내 이름자 묻힌 언덕 우에도
자랑처럼 풀이 무성할 거외다.

인간 관계

– 영우에게

'영혼을 깨우는 벗을 찾으라.'

2000년 12월 17일 길상사 창건 3주년에 법정스님이 하신 말씀이다.

요즈음 발달된 인터넷 매체에 수많은 지식인들이
친구에 대한 정리 정론을 쏟아내고 있지만
가장 명확하고 간결하게 친구에 대한 정의를 내리신 말씀이다.
우리의 삶을 지혜롭게 살아내기 위해서는 정말 영혼을 깨워줄 수
있는 친구가 필요하다. 아니, 그런 친구를 많이 가지고 있을수록
그 사람의 일생을 올바르고 선하게 살아낼 수 있다.
우리에게는 어떻게 살아야 하는지를 가르쳐주는 어른과
가르침을 함께할 수 있는 좋은 친구가 필요하다.
가족과 가정, 자기 자신을 지키며 주어진 삶을 곧게 살아갈 수 있는
사회생활의 첫 번째 조건은 친구를 잘 만나는 것이다.
친구를 잘못 만나면 패가망신하는 경우가 비일비재하다.
좋은 친구와의 관계는 우정을 거래로 생각하지 아니한다.
금전적 관계를 피해야 하는 것은 필수적인 조건이다.
친구 관계는 삶의 지혜를 주고받을 때 오래 지속될 수 있다.
돈 거래가 시작되는 순간 돌아올 수 없는 외나무다리를 건너는 것이다.

진실한 친구, 우정(友情)은 삶의 지혜를 일깨워 주는 것으로 이어갈 수 있다.

8백 년 전, 송광사에서 정혜결사를 지내셨던 지눌 보조 국사가 '계초심학입문'에서
불교의 진리를 배우려는 사람들에게 마음의 자세를 가르치며
"나쁜 벗을 멀리하고(顔遠離惡友) 어질고 착한 벗을 가까이하라(親近賢善)"고 하셨다.
좋은 친구는 그리 흔하지 않다.
짧은 인생길에 동반할 수 있는 좋은 벗을 만나는 것도 쉽지 않다.
반면에 안 좋은 친구는 사귀기도 쉽지만 싸우고 헤어지는 것은 더욱 쉽다.
우리는 좋은 친구로 오래오래 함께 남은 길을 걸어갈 수 있기를 바라고 또 그렇게 믿네.
항상 건강을 최우선으로 하고 가정을 화목으로 이끌어 진정한 가족의 의미를 헤아리면
삶이 정직하고 정숙함을 잃지 않을 것이네.

에리히 프롬이 '삶은 하나의 예술'이라는 말과 함께 나쁜 친구 정의를 이렇게 내렸다네.

첫째, 일상적인 생활 태도가 음울하고 불쾌한 사람
둘째, 육신은 살아 있어도 정신은 죽어 있는 사람
셋째, 생각과 대화가 보잘것없는 사람
넷째, 뜻을 담아서 이야기하는 것이 아니라, 그저 끝도 없이 지껄이는 사람
다섯째, 자신의 견해로 생각하지 않고 남의 의견에 휩쓸리는 사람

우리의 관계는 순수한 정(情)으로 맺어졌기에 무탈하게 오늘에 이르게 되었네.
서로의 모자람은 탓하지 말고 채워주고, 단점이나 부족한 부분은 형제애로 보완해 주는
그런 형님 동생 그리고 친구로, 둘 중 어느 한편이 세상 떠나는 날까지 변함 없는 신뢰와
정(情)으로 이어가길 두 손 합장하네.

이 밤에

고요한 어둠 속에
가슴속 깊이 내려앉아 있는
기억들 중에 가장 큰 상처가
아픔으로 떠오를까?
아픔 속에 그리움
그리움 속에 외로움
가슴은 언제나
생각의 한가운데 자리하여
상처의 본질을 가르쳐 준다.
그리움의 시작도
사랑의 아픔도 언제나
가슴의 한가운데서
삶의 궁극적인 길을 가르쳐 준다.
인생이란 내 영혼의 길을
살아가는 것이다.
사랑도 아픔도 다 제 몫인걸.

마음의 옷

마음의 옷을 갈아입으려면
새로운 사고로 바뀌어야 한다.
이 아프고 힘든 가슴을 비우지 않으면
생각을 새롭게 할 수 없다.
긍정의 옷으로 갈아입으려면
지금의 상실감을 떨쳐내야 한다.
이제 남은 인생이 환하게 열릴 수
있다는 자신감을 잃지 말자.
언제나 그랬듯이…….

연꽃

연꽃이 피었다 진다.

내 인생처럼

저 바람처럼

울며 떨고 있다.

– 김영학

생의 계단

신은 준비된 자에게만 기회를 준다. 떠날 때를 알고 보내고 새 출발을 시작할 수 있을 때 떠나 보내야 한다. 인생은 만남과 헤어짐의 반복이지만 그 때가 중요하다.

리자오싱, 제주 억새 찬양시

푸를 때는 바다와 하늘을 훤히 비추고
색이 바랬을 때는 웃으며 몸을 태우네
새봄이 되어 다시 싹을 틔우니
다시 한 번 의젓한 용맹으로 호걸이 되네.

翠綠時輝映海天
蒼白時笑迎焚燒
新春再度萌發
又一輪勇毅自豪

건강 그릇

조물주는 우리를 세상에
태어나게 할 때 이미 각자에게 알맞은 건강의 그릇을 정해 준다.
그 그릇 안에서 건강하고 아프고 다치고 병들고 살고 하다가
죽음이라는 육체적인 형식으로 건강의 그릇을 비우는 것이다.
우리가 건강으로 채워진 그릇을 비우기 전까지 주어진 건강을
내 수준에 맞추어 멋있게 살다가 가면 건강한 인생으로서의
성공적인 마감인 것이다.

온몸으로

가슴 시린 상실의 아픔 뒤에도
또 다시 부둥켜안고 가야 할
내일이 온다.

삶

스스로 사랑이라고 부르던 것들이
모든 증오일 때
사람들은 때때로
수평선 밖으로 뛰어내린다.

용서

장미가 송이마다 가시를 품고 있듯이
인생에도 하많은 걱정이 숨어 있는 법,
내가 그대를 알고 그대가 나를 알면
모든 것의 참 이유를 마음으로 볼 수 있을 텐데.

아버지는 배를 몰고 간다

신이 내린 우주 삼라만상 중 최고의 걸작품 '아버지'
언제나 참고 온유하고, 힘든 길 헤쳐 갈 지혜를 가져야 하고
항상 견디며 베풀어야 하는 사람, 바로 우리 모두에게 필요한 '아버지'
부모님의 아들이요, 아내의 남편이요, 자식들에 대한 버팀목
온 가족을 책임지고 이끌어야 할 가장이 바로 '아버지'입니다.
푸른 바다 위에 선 가족과 가정이라는 배, 위로는 천둥, 번개, 폭우, 아래는 수많은 암초들,
앞에는 금방이라도 집어삼킬 것 같은 파도, 그래도 아버지는 배를 몰아가야 합니다.
그런 아버지도 때론 외롭고 쓸쓸하고, 힘들어 모든 걸 내려놓고 홀로 멀리
떠나가고픈 적이 한두 번이 아닙니다.
항상 웃을 수만도 울 수만도 없는, 정말 외롭고 쓸쓸한 게 바로 그 사람입니다.
세상의 모든 부모, 형제, 자매, 자식들이
흰머리에 굽은 등으로 느린 걸음으로 자신에게 주어진 나머지 삶의 시간을 메꾸어 가는
'아버지'의 쓸쓸함을 어루만져 줄 수 있으면…….

은행나무 숲의 비밀

강원도 홍천군 내면 광원리 686-4번지
2천 그루 은행나무가 서 있다.
아내를 위한 마음이
산 위에
노란 바다를 만들었다.

선운사 입구에서

푸른 비 내리는 집

윤선도의 숨결이 짙게 배어 있는 녹우당. 푸른 비가 내리는 집. 선생이 낙향하여 지냈던 15세기 중엽의 전통 고택, 그 앞에 600여 년이 된 은행나무가 자리 잡고 있었다. 그래서 붙여진 이름이 녹우당이다.

용인 5일장에서

자식 잘 두어 늘그막에 고생을 덜하는 부모
망나니 자식을 두어 지금까지 고생하는 아버지 어머니
손자, 손녀 용돈 장만하고 운동 삼아 좌판 펴고 앉은 할머니들.
여기에 삶의 진솔한 그림이 있다.

으뜸 사랑

그 중에 으뜸은
부모가 자식을 올바르게 사랑하는 것이다.
내가 오늘까지 살며 배우며 익히며
배운 것이 그런 사랑이다.

시인이 시인의 노래를 부르다

몇 해 전인가. 초가을 어느 날 덕소 월문리 장작가마에서

도예가 김용윤 씨가 장작불을 지핀다는 소식에 그의 구선도방을 찾았다.

6칸짜리 오르막 가마, 자신이 직접 지었다는 가마 안에서 자신의 혼을 심은 작품들이 눈이 부시도록 타 오르는 백색의 불빛 속에서 하나, 둘, 셋, 그리고……

달아오르고 있을 때, 그를 사랑하고 아끼는 친구, 친지들이 꽤 많이 자리를 같이했다.

벙거지 모자를 깊이 눌러쓰고 무릎 위까지 올라오는 카키색 반바지에 우리가 어디를 가든 쉽게 눈에 띄는 누런 플라스틱 슬리퍼를 신고

타오르는 가마의 불빛을 뒤에 두고 그가 부른 노래, 정지용 시인의 '향수'였다.

나는 그때 그 순박하고 투박한 듯한 그의 모습을 잊을 수가 없다.

인연

오래된 것은 시간과 노력과 끈기가 묻어 있기 때문이다. 우리가 갖고 있는 모든 것과의 인연은 서로를 알고 느낄 수 있는 흔적이다.
우린 서로가 보고 느끼고 알고 있는 그 흔적을 보며 서로 인연의 소중함과 그 가치를 존중할 줄 알아야 한다.

멀리 떠나는 장모님

그러나 인간의 나약함이여. 한번 시들은 생명은 다시 피어날 수 없지 않은가.
존경하는 우리 장모님, 사랑하는 나의 혜숙이 어머님, 부디 짧은 고통 속에 생을 마치고
좋은 또 다른 삶을, 내세에서 평안하게 누리시길 온 마음으로 기원합니다.

두 부류

내가 말하는 이 세상 사람의 두 부류란
짐 들어주는 자와 비스듬히 기대는 자랍니다.
당신은 어느 쪽인가요?
힘겹게 가는 이의 짐을 들어주는 사람인가요?
아니면 남에게 당신 몫의 짐을 지우고
걱정 근심 끼치는 기대는 사람인가요?

가을날

헤르만 헤세

숲이 금빛으로 타고 있다.
상냥한 그이와, 여러 번
나란히 걷던 이 길을
나는 혼자서 걸어간다.
이런 화창한 날에 오랜 동안 품고 있던
행복과 괴로움이, 향기 속으로
먼 풍경으로 녹아 들어간다.

풀을 태우는 연기 속에서
농부의 아이들이 껑충거린다.
나도 다른 아이들처럼
노래를 시작한다.

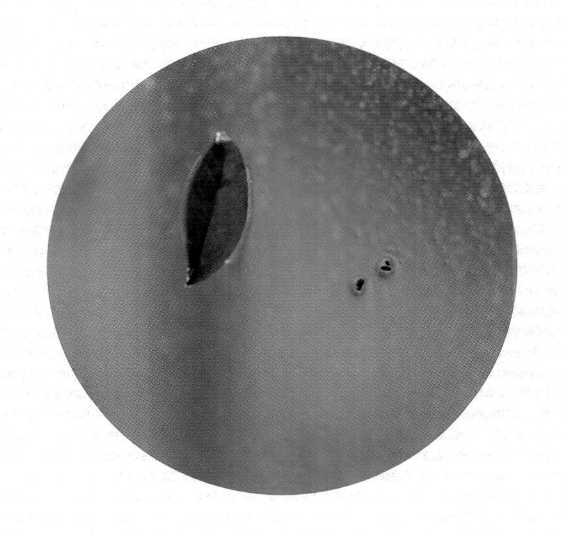

冬

겨울

새로운 씨앗을
준비하며

아름다운 마무리

아프지 않게 매듭지어지도록
많은 만남과 이별이 사랑과 미움으로
끝을 맺었지만, 우리는 그러하지 않도록
이해와 지혜를 발휘해야 하겠지.
오래된 나무에 치유력이 있듯이
이렇게 긴 세월 이어 온 인연
서로에게 미움과 원망이 없도록 떠나야겠지.
이렇게 많은 날들 함께해 온 지금,
굳이 헤어진다면 지나간 추억 속에 가장
아름다웠던 순간으로 그렇게 배려하며 뒤돌아서자.
아님, 지난 세월보다 더 마음 줄 수는 없을까?

뒤에야

고요히 앉아 본 뒤에야
평상시의 마음이 경박했음을 알았네.
침묵을 지킨 뒤에야
지난날의 언어가 소란스러웠음을 알았네.
일을 돌아본 뒤에야
시간을 무의미하게 보냈음을 알았네.
문을 닫아 건 뒤에야
앞서의 사귐이 지나쳤음을 알았네.
욕심을 줄인 뒤에야
이전의 잘못이 많았음을 알았네.
마음을 쏟은 뒤에야
평소의 마음씀이 각박했음을 알았네.

– 명나라 문인 진계유 시 '연후(然後)'

기로(岐路)

이제는 선택을 해야 할 시간
올바른 결정을 해야 한다.
정(情)에 이끌려서 우(愚)를 범해서는 안 된다.
그리움에 못 이겨 달려가서도 안 된다.
어린 마음 안타까워 찾아가도 안 된다.

이제 내가 올바른 선택을 할 수 있도록
하늘이 길을 열어 주어야 할 때다.
절대로 냉정함을 잃지 말아야 한다.
칠십여 평생을 살아온 현명함과 지혜로
나 스스로 우(愚)를 범하지 말아야 한다.

어떤 아픔도 엄청난 그리움도 격분하고
우매한 언행을 하지 말아야 한다.
온갖 불행을 초월하고 스스로에게 냉정을
잃지 말아야 한다. 어떤 고통이 오더라도
침착함을 유지하고 허점을 보여서도 안 된다.

이 어려움을 견디고 나면 내 마지막 삶이
위대한 극복의 아름다움으로 마무리될 수 있을 것이다.
오늘도 하루 종일 그리움으로 우울했지만
이렇게 참고 견디며 하루가 간다.

토요 생각

지금의 나의 침묵은
외로움이다.
외로움은 가까이에서 온다.
외로움을 짙게 만드는 것은 상실(喪失)이다.
내 삶의 70고갯길을 넘어서며
인생이란 무엇인가를 스스로 물어보며
들어보는 대답이 하나에서 둘, 셋,
그 다음 모두가 들려주는 것,
'홀로 견디어 온 외로움'이다.

상실하면서 흔히 하는 말들,
'내려 놓는 것' '비우는 것'이라고…….
내려놓는 것과 비우는 것은 쉬운 뜻으로
버리는 것, 잊어버린다고 이해한다.
그러나 상실은 어쩔 수 없이 내놓는 것이다.
내려놓고 비우는 사람은 환하게 웃을 수 있지만

상실하는 자의 최고의 선택은 침묵(沈默)이다.
침묵하며 견디고 나면 자신을 돌아보면서
고요히 미소 지을 수 있다.

내가 맞이하고 있는 현재진행형이 바로 침묵이다.

안녕

생각의 모퉁이를 돌아
상실의 골짜기로 들어서고 나면
가슴 속 깊이 아픔의 시냇물이
흐릅니다.
천천히 흐르는 물 밑에 가라앉은
내 작은 성취의 상징이 무연히 나를 바라봅니다.

갑자기 물이 흐려지고 붉은 벽돌에 서양풍 지붕이
까마득하게 보이지 않습니다. 이제 차라리
볼 수 없는 것이 낫겠지요.
4반세기를 조석(朝夕)으로 바라보던 팍스애비뉴,
하늘에 파란 바람 불고 흰 구름 하늘정원에 내려앉던
아름답던 세월…….
바람 따라 구름처럼 그렇게 가겠지요.

그래도 너는 나의 영혼과 영원히 함께하겠지…….
내 사랑, 팍스 애비뉴, 방배동 1021-14.

안녕…….

아름다운 이별

지금
우리의 헤어짐은
꿈이 아닌데
단순한 이별로 치부하기엔
너무나 큰 아픔,
그냥 내려놓는다고 일상으로
말하기에는 너무나 커다란 괴로움.

마음을 통째로 덮고 있는 상실의
두려움 걷어 내고 아직 새로운 희망이
기다리고 있다고 다독거리자.

삶에서 이별이란 다반사인데
어차피 내려놓는 과정 속에
홀가분한 마음으로 보내보자.

삶과 죽음의 사이사이를 웃으며
천천히 여유롭게 그렇게 가자.
'당신, 그동안 애 많이 썼소, 나를
지켜 온 스물다섯 해, 이제
마음 아파하지 말고 쉬엄쉬엄 가면서
그리운 마음으로 바라보세요.'

내 어머니

아침 햇살 창가를 파고들어 오면
그리움 뒤따라오며
나를 부르는 목소리, 그 목소리
"애비야!"

아침 안부 전하시는 말씀
"잘 잤느냐?"
살며시 입가에 번지는 행복한 미소
언제나 장작불 때는 방
아랫목같이
포근하던
우리 엄마 사랑
깊고 깊은
추억.

이제는 아버지가 멀어지고
벌써 할아버지 된 지
1년이 넘었네.
그렇지만
어머니의 따뜻한 손길

고운 미소로 아침 안부
가슴 저미며 그립습니다.

오늘같이 눈이라도 내리면
흰머리처럼
하얀 그리움으로
서럽습니다.

올 가을 풍년에
담아 온 햅쌀
며느리의 정성으로
지어 올린 하얀 햅쌀밥
우리 논에서 추수한
햅쌀밥입니다.

올해는 자주 찾아 뵙지 못했지만
설날에는
멀리 사는 상딸도
인사 드리게 되어
풍요로운
명절이 되겠습니다.
우리 남매 키우시느라
갖은 고생 다 하시고
아들딸 모두 어머님 뜻 저버리지 않고

살아생전에 자랑하시던 것보다
더 많이 풍요롭습니다.
우리 남매 벌써
칠십여가 넘었지만
건강한 육신에 맑은 정신으로
어머님 생전 가르침
잊지 않고
다정하게 살아가고 있습니다.

깊은 밤
어둠 사이로
조용히 다가오는 어머님 사랑
"얘들아 잘 살아줘서 고맙구나."
귓가에 들려오는 그리운 목소리.

남은 세월 한결같이
잘 살아낸 뒤
"행여, 행여" 하시며 우리 오기를
기다리실지도 몰라
신(神)께서 허락하시는 그날,
어머님 곁으로 달려가겠습니다.

보고 싶고
듣고 싶고

안기고 싶습니다.
너무 많이 그립습니다.

세월이 흐르고
자식들이 장성하고 보니
어머님 사랑이
얼마나 크고 따뜻했는지
생각만큼
더욱 그립습니다.

오늘 새벽에는
더욱 고운 미소로
뜨거운 두 손으로 잡아 주시며
"애비야 엄마 왔다."
하시며
일으켜 안아주세요.

어머니, 어머니, 내 어머니
너무 보고 싶습니다.
사랑하는 어머니…….

향수

정지용

넓은 벌 동쪽 끝으로
옛이야기 지줄대는 실개천이 휘돌아 나가고,
얼룩백이 황소가
해설피 금빛 게으른 울음을 우는 곳,
—그 곳이 참하 꿈엔들 잊힐리야.

질화로에 재가 식어지면
뷔인 밭에 밤바람 소리 말을 달리고
엷은 졸음에 겨운 늙으신 아버지가
짚벼개를 돋아 고이시는 곳
—그 곳이 참하 꿈엔들 잊힐리야.

흙에서 자란 내 마음
파아란 하늘 빛이 그립어
함부로 쏜 화살을 찾으려

풀섶 이슬에 함추름 휘적시던 곳,
—그 곳이 참하 꿈엔들 잊힐리야.

전설(傳說) 바다에 춤추는 밤물결 같은
검은 귀밑머리 날리는 어린 누의와
아무렇지도 않고 예쁠것도 없는
사철 발 벗은 안해가
따가운 햇살을 등에 지고 이삭 줏던 곳,
—그 곳이 참하 꿈엔들 잊힐리야.

하늘에는 성근 별
알 수도 없는 모래성으로 발을 옮기고,
서리 까마귀 우지짖고 지나가는 초라한 집웅,
흐릿한 불빛에 돌아 앉어 도란 도란거리는 곳,
—그 곳이 참하 꿈엔들 잊힐리야.

인생의 비밀을 여는 세 개의 열쇠

고두현 시인이 쓴 글, 프라하 구 시청 건물의 커다란
천문시계의 인형을 인용하여 삶의 은유를 바라본 상념,
매 시각 종소리가 울리면 함께 움직이는 네 개의 시계 인형,
해골은 '인간은 태어나면서부터 죽음을 향해 간다'는 것,
주머니는 돈, 기타는 음악과 즐거움, 거울은
아름다움과 사랑의 상징이라고…….

'행복한 인생은 3M'이다.
사명(Mission), 돈(Money), 의미(Meaning)를 조화시킬 줄
알아야 한다는 것.
고두현 시인은 말한다.
'사명은 인생 나침반이고
돈은 현실의 거름이며
의미는 꿈에 대한 보상'이라고.

사랑은 왜 낮은 곳에 있는지……

가장 낮은 곳에 자리해야 그 사랑이
훤히 들여다보이기에, 높은 곳에서
낮은 곳으로 내려와도 밟히는 아픔을
참고 견딜 수가 있기에
한 번 준 사랑은 변함이 없기에……
노오란 양탄자같이 내려앉은 사랑을
밟으며 물어보겠습니다.
'그 아픔마저도 사랑하느냐'고.

자정 7분 전

태어나서 죽음에 이르는 날까지
인생이란 수레를 타고 지나온 날들
하나, 둘 그리고 셋 내려놓는 것
끝내는 살아 온 기억마저 내려놓는 순간
이것이 인생(人生)의 마무리라고……
그래도 내려놓지 못하는 작은 그리움 하나,
사랑하는 우리 윤오
벌써 또 다른 하루가 끝나가네
자정 7 분 전.

엄마가 휴가를 나온다면

울 엄마는 꽃다운 청춘, 30세에
청상과부가 되셨다.
86세에 하늘나라로 돌아오지 않는
내 생에 다시 뵙지 못할 긴 여행을 떠나셨다.
벌써 7년이 훌쩍 지나갔다.
3년을 매일 통곡하듯 엉엉 울었고
4년을 남모르게 흘린 눈물이 몇 동이나 될까.
전쟁이 가져다 준 우리 엄마, 누나와 나,
우리 가족의 고난과 슬픔이었다.
그래도 엄마의 반생은 부족함 없이 넉넉했다.
시인의 말대로 한 번만이라도 '엄마!' 하고
부를 수 있는 만남이 있을 수 있다면…….
이 바람은 엄마 잃은 모든 자식들의
이룰 수 없는 꿈이 아닌가.
그저 바라만 보아도, 그저 불러만 보아도
눈물 나는 그리운 사람, 엄마…….
오늘도 엄마의 사진을 바라보며 그리운
마음 달래본다.
아! 울 엄마…….

가장 후회하는 다섯 가지(Top five regrets)

후회 없는 삶은 없다. 우리가 세상을 떠날 때, 죽음의 문턱에서
작고 적은 후회로 마감할 수 있도록 성실하게 살아야 한다.

첫째는 남들이 나에게 기대하는 인생(the life others expect of me)이 아닌,
나 자신에게 솔직한(live a life true to myself) 인생을 살지 못했다는 것.
둘째는 그렇게 힘들게 일할 필요가 있었을까 하는 것.
셋째는 자신의 기분을 내키는 대로(as fancy dictates them) 표현할 용기를 내지 못했다는 것.
넷째는 친구들과 만나며 지내지(stay in touch with their friends) 못한 것
다섯째는 자기 자신을 좀 더 행복하게 만들지 못한 것. 변화에 대한 두려움(fear of change)
때문에…….

인생은 겪어봐야 이해할 수 있는 교훈들(a succession of lessons which must be lived to be understood)이다.

– 2012년 2월 7일 〈조선일보〉 윤희영의 News Englsih에서

설원의 나무 한 그루

홀로 서 있는 저 나무가 조심조심 제 마음의 외로움에 문을 두드립니다.
아니, 그 외로움의 벗이 되어 왔습니다.
외로움을 느끼는 건 사람뿐이 아니다. 홀로 서 있는 저 나무도 외로움을 알고 있겠지.
아! 어둠이 내리고 나면 내일을 바라볼 수 있는 인내가
우리에게 기다림의 지혜를 가르쳐 준다.
여명이 어둠 속을 헤쳐 나올 때, 가슴으로부터 당부하고픈 외로움이 흘러 넘칠 때
나는 비로소 나의 부족함을 느끼며 침묵, 침묵해야 함을 깨우쳤다.
그리고 서서히 바다와 파도소리로부터 이별을 했다.

인연

수많은 사람 중에
당신과 나
잠시 만났다가 스쳐가는
인연일 수도 있었는데
여보, 당신으로
벌써 40여 년이 훌쩍
지났습니다.
내 삶에 있어
가장 잘한 선택이
무엇이었느냐고 누가 물으면
그것은
당신을 아내로 맞이한
생애 최고의 결단이었다고
서슴지 않고 말할 수 있어
나는 정말, 정말
행복한 사람입니다.

우리는
참으로
아름다운 삶을 사는
참
좋은 부부입니다.

◎

일 년 중 가장 춥다는 1월에 좋은 인연들이 모여
삼척으로 골프를 다녀왔다. 365일 거의 붙어 지내다시피
시간을 함께하는 우리 부부, 이번에 처음으로 나 혼자 다녀왔다.
모든 게 낯설고 잠도 오지 않고 배탈까지 나고 보니
함께 오지 않은 것에 대한 벌(罰)이 아닌가 싶었다.
동행들과 골프를 하지 못하고 호텔방에 누워
지나간 우리 40여 년을 생각하며 잠시 잠깐의 상념을 적어 보았다.

새해 새 아침의 말(馬)

세월이란 녀석이
정말
'막' 달려버리네요.
한마디
상의도 없이

-하늘나라 어머니께 세배 드립니다, 뵈올 날을 그리며

몽돌

그립다, 보고 싶다.
듣고 싶다, 그 목소리 너무나도
잡고 싶다, 그 따스하고 자비로우신 손,
어머님이 내 곁을 떠나신 지 벌써 6년여가 흘렀다.
아직도 한시도 잊을 수 없는 어머니, 나의 어머니
밀물 썰물에 닳아 둥글어진 몽돌처럼
이 가슴에 박혀 있는 그리움의 돌도 이처럼
둥글어질 수 있을까,
엄마, 날이 많이 차갑습니다.
편히 계세요.

가족 사랑

언젠가 죽는다는 사실을 기억하라.
그러면 당신은 정말 잃을 것이 없다.

– 스티브 잡스

◎

가난을 벗기 위해 일을 최우선하며 자식들과 많은 시간을 함께하지 못한 점이 후회스럽다.
그렇지만 그것은 피할 수 없었던 지난날의 현실을 이해해 주길 바란다.
머지않아 자식들이 이해할 수 있는 시간이 올 것이다.

인생

내 삶의 잔고가
얼마나 남았을까?

나는 언제나 그 자리에 서 있다

지금은 시련이 나를 짓누르지만
봄 여름 가을, 그리고 겨울을 또 다시
맞이할 수 있기에,
내가 숨을 내쉬고 들이마실 수 있을 때까지
나는 그 자리에 서 있을 것이다.

부귀영화를 가볍게 여기네

화살 같은 삶이 종말로 치달을 때
내가 바라는 것은 오직 하나.
삶에도 죽음에도 인내할 용기 있는
자유로운 영혼이 되기를.

– 에밀리 브론테

베푸는 것은 행복하다

베푼다는 것은 욕심을 버리는 것이며 내 스스로의 인색을 버리는 과정이라고 생각한다. 내가 베풀 수 있을 때 베풀어야 한다. 베풀고 싶어도 할 수 없을 때는 정말 슬프게 될 것이다. 아름다운 삶, 여유 있게, 즐겁게 마무리를 하자.
나머지 삶의 여백을…….

늦게 온 소포

고두현

밤에 온 소포를 받고 문 닫지 못한다.
서투른 글씨로 동여맨 겹겹의 매듭마다
주름진 손마디 한데 묶여 도착한
어머님 겨울 안부, 남쪽 섬 먼 길을
해풍도 마르지 않고 바삐 왔구나.

울타리 없는 곳에 혼자 남아
빈 지붕만 지키는 쓸쓸함
두터운 마분지에 싸고 또 싸서
속엣것보다 포장 더 무겁게 담아 보낸
소포 끈 찬찬히 풀다보면 낯선 서울살이
찌든 생활의 겉꺼풀들도 하나씩 벗겨지고
오래된 장갑 버선 한 짝
헤진 내의까지 감기고 얽힌 무명실줄 따라
펼쳐지더니 드디어 한지더미 속에서 놀란 듯
얼굴 내미는 남해산 유자 아홉 개.

「큰 집 뒤따메 올 유자가 잘 댔다고 몇 개 따서
너어 보내니 춥울 때 다려 먹거라. 고생 만앗지야
봄 벌치 풀리믄 또 조흔 일도 안 잇것나. 사람이
다 지 아래를 보고 사는 거라 어렵더라도 참고
반다시 몸만 성키 추스리라」

헤쳐놓았던 몇 겹의 종이
다시 접었다 펼쳤다 밤새
남향의 문 닫지 못하고
무연히 콧등 시큰거려 내다본 밖으로
새벽 눈발이 하얗게 손 흔들며
글썽글썽 녹고 있다.

家族